사랑이고 이름이고 저녁인

정진혁
충청북도 청주에서 태어났다.
공주사범대학교 국어교육과를 졸업했다.
2008년 『내일을 여는 작가』를 통해 시인으로 등단했다.
시집 『간잽이』 『자주 먼 것이 내게 올 때가 있다』를 썼다.
2009년 구상문학상 젊은 작가상, 2014년 천강문학상을 수상했다.

파란시선 0052 사랑이고 이름이고 저녁인

1판 1쇄 펴낸날 2020년 3월 10일
1판 2쇄 펴낸날 2020년 12월 20일
지은이 정진혁
디자인 최선영
인쇄인 (주)두경 정지오
펴낸이 채상우
펴낸곳 (주)함께하는출판그룹파란
등록번호 제2015-000068호
등록일자 2015년 9월 15일
주소 (10387) 경기도 고양시 일산서구 중앙로 1455 대우시티프라자 B1 202호
전화 031-919-4288
팩스 031-919-4287
모바일팩스 0504-441-3439
이메일 bookparan2015@hanmail.net

ISBN 979-11-87756-63-7 04810
979-11-956331-0-4 04810 (세트)

값 10,000원

*이 책의 국립중앙도서관 출판예정도서목록(CIP)은 서지정보유통지원시스템 홈페이지(http://seoji.nl.go.kr)와 국가자료공동목록시스템(http://www.nl.go.kr/kolisnet)에서 이용하실 수 있습니다.(CIP 제어번호: CIP2020007020)
*이 시집은 2018년 한국문화예술위원회 아르코문학창작기금을 수혜받아 발간되었습니다.

사랑이고 이름이고 저녁인

정진혁 시집

시인의 말

나는 확신이 없는 사람이다

꽃잎 떨어지는 막막함 안에 서서

나를 증명한다

너의 등 뒤에서 숨소리를 듣는다

항상 떠날 수 있는 아무것도 아닌 나를 위해

차례

제3부

제4부

해설

제1부

너도바람꽃

산기슭에서 만났다
오후가 느리게 떨어지는 동안
저녁이 모이고 모였다
너도바람꽃 불러 보다가
고 이쁜 이름을 담고 싶어서

손가락으로 뿌리째 너를 떠냈다
산길을 내려오다 생각하니
네가 있던 자리에
뭔가 두고 왔다

너도바람꽃은
아직 바람이었다

늦은 저녁을 먹다가
어둠 속에 저 혼자 꽂혀 있을 손길을 생각했다
내가 어딘가에 비스듬히 꽂아 두고 온 것들

빗소리가 비스듬히 내리는 밤이었다

여수에서

당신을 당겨서 만든 감정이 아득할 때
당신이 아직이 아니고 다음이 아닐 때
나는 여수에 간다

여수에 가면 동백은 하나의 단위가 된다
“두 동백 정도는 보고 가야지
오동도 바람은 꼭 세 동백 같아”
사람들은 빨갛게 말한다

당신을 혼자 두고 와
어제는 여섯 동백을 걸었다

갓김치의 알싸한 맛에 당신의 슬픔을 베고
한 다섯 동백 잤으면

당신의 뒤를 바다에 새기며 향일암 일출을 기다린다
동백 동백 모여드는 눈동자들은
붉어서 좋다

오늘 아침에는 너무나 생생한 붉음의 윤곽 안에서

일곱 동백 울었다

눈이 멀다

너에게 가닿지 못한 이야기는 다 멀었다
눈에 빠져 죽었다

침묵은 보이지 않는 눈의 언저리를 한 바퀴 돌아갔다
바깥이 되었다

눈이 멀어서 밥이 멀고 내가 멀어서 그림자가 멀었다
어떤 눈이 나를 송두리째 담아 갔다

문득 문이 열리고
306동 불이 켜지고
모퉁이 앵두나무에 앵두가 익어 갔다

세상은 공중인데 내 손은 사무적이었다
몇 발자국 세다 보면 길은 끊어지고
손끝에 닿는 대로 기억이 왔다

눈이 고요하였다 끝이 넓었다
나는 고요를 떠다가 손을 씻었다
아카시아 향기 같은 것이 종일 흔들렸다

마음 하나가 눈언저리에 오래 있다 사라졌다
누가 먼눈을 들여다보랴

눈은 멀리서
볼 수 없던 것을 보고 있다
먼 오후가 가득하였다

아무리 멀어도 더 멀지는 않았다

오른쪽 어깨에는 각이 살고 있다

나는 어느 생의 방파제에서 떨어졌다
실업이 자꾸 나를 밀었다
어깨를 가만히 세우면 어긋난 각들이 살 속을 파고들었다
떨어진 어깨에 모난 말들이 터를 잡았다

깨진 것들은 왜 타인의 얼굴을 하는가

수박은 박살이 나고 병은 깨지고 그해 여름도 산산이 부서졌다
어깨는 어느 생의 모퉁이였다가 나였다가 떨어진 각을 아는 척했다

팔을 들었다 내릴 때마다 각들이 서로 찌르는 소리가 났다
그동안 너무 오래 서성거렸다

걸음걸이가 세모다 표정이 세모다
가슴 언저리에도 세모가 자라기 시작했다
세모를 걸으며 나는 충분히 무모했다

실업은 질기고 캄캄했다
밤마다 도처에 머물던 각들이
일제히 어깨로 달려와 수런거렸다

나는 말수가 적어졌고 대신 각들이 우두둑 소리를 냈다

떨어진 각도를 지우기 위해
아무에게도 기대지 않았다

나를 놓친 시간은 까맸다
죽은 숫자들이 우글거리는 달력을 떼어 부채질을 했다
그해 여름의 날짜들이 떨어지며 각이 되었다

나무에는 사슴이 살고 있다

벚나무는 모든 움직임에 사슴을 품고 있다
사슴 무늬가 벚꽃으로 벙글어진 저녁은
어디에도 없는 사슴의 향기가 난다
헛헛하고 퉁망울 같은 고요가 인다

밤의 뿌리에서 사향 냄새가 난다
그리움이 너무 두꺼워
나무는 온몸으로 사슴의 호흡을 느끼며 한 걸음 한 걸음
걷는다

사슴의 꿈이 몽글몽글 피어난다
벚나무는 지금 제 꿈을 대지에 흩날리는 것이다
나무의 대륙은 길고 높아서
사슴은 나무의 대륙을 달린다

나무껍질에 골골이 나 있는 사슴의 길
나무 안에서 목을 축이고 풀을 뜯는 법을 아는 사슴은
먼 곳을 바라보다가 어느 날 머리가 간질거리며 뿔이
돋는다
사슴은 뿔에 이끌려 위로 위로 달리다가

더 나갈 수 없을 때
비로소 나뭇가지가 되어 자신을 매단다

그리고
나무는 귀 없는 겨울을 보낸다

봄이면 푸른 잎들이 사슴의 귀가 되어 흔들린다
한 무리 사슴이 밤마다 나무에서 내려와
깊은 고요를 잡고 유유히 풀을 뜯는다
달빛 그림자로 흔들리는 수천 마리 사슴의 무리들

역설적 유전자

사람들이 나를 기억하지 못하는 것은 일종의 유전이 아닐까
나는 '희미한'이란 유전자를 지니고 있다

희미한은 내 DNA에 강력하게 각인되어 있다

아버지는 막걸리 한 주전자를 마셔도 희미했고
빨랫줄에 널린 색 바랜 팬티처럼
모든 약속도 희미했다
11월 봉숭아 물든 손톱처럼
누가 욕을 해도 희미했고 누가 돈을 떼먹어도 희미했다
색을 잃어버린 백일홍 꽃잎처럼

아버지 때문에 슬플 일은 없을 것이다
희미한 아버지

희미한 유전자 덕분에 아무것도 남기지 못할 나도
사람들은 저녁연기처럼 기억하지 못할까

그러나 너무나 희미해서

또렷한 아버지

우리의 문장은 외따로 존재할 수 없다

난 너의 안긴문장이 되고 싶어라고 그녀가 말했다
그 순간
나는 그녀가 나의 고독을 안고 다녔음을 알았다라는 문장이 탄생했다
뭉클하면서도 서러운 그것은 안은문장이 되었다
그 후로 나의 인생은 길어졌고 복잡해졌다
어느 날 나는 당신의 기다림을 믿어요라는 그녀의 말에서 사랑이 문장으로 온다는 것을 알았다
안긴문장을 이해하지 못하면 안은문장을 이해할 수 없었다

나는 세상을 안은문장이 되고 싶었다
내 문장에서 그녀의 숨소리가 들리고 그녀의 따듯한 피부가 느껴지고
봄보다도 더 많은 봄들이 술렁이고

명사절을 안은문장이 아니라
복숭아 꽃잎을 안은문장
언덕을 넘어가는 바람을 안은문장
포르르 하늘을 날아오르는 참새를 안은문장이 왔다

수많은 안긴문장을 안고 우리는 풍부해지리라

안김과 안음이 뒤섞인 곳에 벚꽃이 휘날리고 눈이 내렸다
안김을 이해하기 위해 문장을 고쳐 쓸 필요가 없었다
아무리 문장력을 동원해도 안음으로 남길 수 없는 안김이 있기 때문이다

감동적인 순간을 나는 언제나 그녀를 안은문장으로 표현했고
단 한 번의 발걸음을 그녀의 안긴문장으로 약속했고
세상의 끝을 그녀를 안은문장으로 대답했다

있잖아요, 분홍

분홍이라는 말 이제 좀 알 것 같아요
분홍으로 산다는 건 달콤하게 익어 가는 것
내 눈과 내 낱말들이 누군가의 한 잎 속에서 산다는 것

당신의 한 잎은 온통 숨결이어서
마음을 실어 나르는 수레여서
분홍 잎맥을 따라 스며든 시간들 사이여서

날마다 분홍 안에서 익숙해지는 몸짓
분홍을 입어요, 분홍을 먹어요, 분홍을 춤춰요
분홍은 나를 얼마나 멀리 밀고 가는지

있잖아요, 그거 알아요?
청평이라든지 덕적도 여수 부산 통영 무의도 같은 지명을
여기선 다들 분홍이라 불러요
한여름 배롱나무 산딸기 복숭아 떨어지는 꽃잎도 나는 분홍이라 불러요

분홍에서만 나를 느낄 수 있으니

뒤집혀도 분홍
분홍과 분홍 사이에서
나는 이해할 수 없는 둥긂이 되었지요

있잖아요
분홍 한 장을 넘기며 가장 낮은 곳 가장 높은 곳에서
울어 본 적 있나요?
한 잎의 분홍 앞에서 웃어 본 적 있나요

오늘은 분홍이 지는 곳까지 걸어가 봤어요
거기까지 가 보니 당신이 진짜 분홍이었어요
오뉴월 복중 같은 사내 하나가 그 속으로 들어가서는
영 나오지 않았어요

퍼즐, 사람

종종 퍼즐이 맞춰지지 않았다
하루가 마구 흐트러지고 뒤섞였다
퍼즐 속의 귀를 못 찾은 날도
입을 잃어버린 날도
코를 엉뚱한 곳에 끼워 넣은 날도 있었다
그런 날은 저 속으로부터 지독한 냄새가 올라왔다

장마에 집이 홀딱 잠겼던 날
아부지 퍼즐이 잘 맞지 않아요
보세요 퉁퉁 불어서 딱 맞물리지 않아요
무슨 말이니?
무슨 그런 멍청한 말을 하니
너무 부풀어서 온몸이 아픈 나처럼요
이 집에 너보다 안 아픈 사람은 없다
네 엄마 다라 이고 시골 다니며 생선 파느라 관절염 와도 병원 한번 못 갔다
아부지는 다리가 찢어지도록 페달을 밟아 걸을 힘도 없다

퉁퉁 불은 퍼즐을 말려 억지로 맞춰 본다

재개발사업으로 동네가 모두 헐린단다
이사 갈 집도 없다
퍼즐 조각들이 투둑 바닥에 떨어졌다
퍼즐 조각을 주워 화장실에 쭈그리고 앉아서 맞추었다

지긋지긋하게 맞지 않았다
퍼즐은 몇 개가 비어 있었고 그 구멍에 까맣게 어둠이 차 있었다

거리를 걷다가 보도블록 빠진 자리에
검은 고요가 보인다
잃어버린 퍼즐 한 조각이 거기 있었다

차라리와 그래도 사이

차라리와 그래도 사이에 빗줄기가 지나가고 있다
그 속에 지렁이 한 마리가 꿈틀거린다

저 몸을 17㎝라 치면
7㎝는 차라리에 10㎝는 그래도에 가깝다
차라리는 언젠가 죽어 본 적이 있는 것 같고
그래도는 그저 길게 기어 온 자국 같다

7㎝는 차라리 널 만나지 말 것을
10㎝는 그래도 널 만나 행복했는데……

방향 없이 꿈틀거린다

몸을 길게 늘이며 차라리 쪽으로 가려는데
그래도가 몸을 늘이며 반대쪽으로 끈다
생각에 잠긴 한낮은 방향이 없다

그래도는 그래도 뭔가 좀 부끄러운지 돌 틈을 비집고 들어가려 하고
차라리는 풀잎 하나 없는 마른 길에 온몸으로 드러누

우려 한다

  숨기다가 들키다가 간다

우렁이

논바닥에 우렁이 기어간다
우렁이가 더듬이를 움직거리자
한 마지기 논이 맑은 눈을 뜨고 생각에 잠긴다

우렁이의 말이 논바닥에 길을 낸다
아랫마을 김 씨와 윗마을 이 씨가 나눈 이야기가 길이 되듯이
우렁이는
한 오백 년쯤 후에 도착할 기별을 길게 끌고 간다

우렁이의 길을 따라
논 하나가 조금씩 움직인다

이웃 노인이 건네준 옥수수 하나가 내 마음을 조금 끌고 갔다
손등에 보이는 굵은 핏줄이 우렁이 기어가는 길 같았다
노인의 손등에도 우렁이 한 마리 살고 있다

우렁이가 쓴 글자들 사이에서 벼가 익는다
저 알 수 없는 길이 우리 몸에는 있다

우렁이의 말이 나를 오래 끌고 간다

개구리 울음을 지고
삼백 년 묵은 느티나무 그늘을 지고
논은 천천히 우렁이를 따라가고 있다

으 에 으흠 어허

뭐라 명명하기 어려운
오랜 신음 같은
저녁밥 짓는 연기 같은
뭉툭한 연필 같은
높낮이도 길이도 그때 그때 다른
으 에 으흠 어허

주름 속에 살고 있는
돌멩이를 삼킨 거위처럼 속이 무거운
속끼리 부딪혀 가까스로 올라오는
잘 모르겠다고도 알겠다고도 할 수 없는

으 에 으흠 어허

왠지 허기 쪽으로 기울어 있는
무한 희망일 것도 같고 절망일 것도 같은
으 에 으흠 어허

가끔 참새 떼가 포르르 날아가고
이제 다 왔다는

으 에 으흠 어허

모과 열매같이
눈을 감고
으 에 으흠 어허

그것이 무엇인지 알 수 없었다

무엇이 나를 따끔하게 찔렀다

7월이 모퉁이를 돌고 있었다 붉은 능소화가 흔들릴 것이다
애꾸눈 고양이가 꼬리를 흔든다 골목으로 접어들 것이다
내가 창고를 향해 걸어간다 문이 고장 날 것이다

떡갈나무 잎을 입고 다니는 여자의 움직임이 이상하다

고양이가 앞발로 얼굴을 비벼 대며 거기 있지만
고양이는 거기에 있는 것이 아닌 것처럼
그녀는 거기 있지만 지금 어딘가로 가는 중이다

나는 온전하지 않아서 자꾸 움직인다

떡갈나무 잎을 입은 여자는
움직이지 않으면서 쉼 없이 움직인다

그 머물러 있음이 사랑이고 이름이고 저녁인가

한 그루 떡갈나무처럼
거대한 뿌리 때문에 훨훨 날 수 있는 것처럼

온몸으로 움직이지 못할 시간을
자기 뒤에 놔둔 채
사라지고 있는 것처럼

거기에 있지 않은 나와 있는 나 사이를 줍는다

어느 거리를 걷다가 문득 나를 떨어뜨렸다는 생각이 든다
어디일까 둘러보아도 그림자 외에는 없다

고대인들은 다시 태어나기 위해 떨어지는 죽음을 주워
태아의 자세로 묻었다고 한다
내가 떨어뜨린 게 뭘까?
여기를? 내가 지나온 거기를?

나를 주우러 간다
여기가 아닌 거기를 주우러 간다
자고 일어나 떨어진 머리를 주운 적도 있다
자주 모가지가 떨어지는 여기
목련 잎이 떨어진다

세수를 하며 제 얼굴을 줍는 뒤로 '툭' 목련이 진다
'툭'이라는 단어를 줍다가
당신 속으로 떨어진다

오늘이 다시 보이는 것은 떨어졌기 때문이다

거기 있지 않은 내가
맨드라미 빨강을 쓰다듬듯 줍는다
수없이 나를 적시던 비를 줍는다
죽은 뒤에 자기 울음을 줍는 사람처럼
라일락 향기를 줍고 너의 눈매를 줍고
오후 4시의 강물을 줍고 모차르트를 줍고
어둠으로 달아나는 산등성이를 줍는다

여기를 알고 싶으면 떨어져야 한다
내가 지나온 거리를 떨어뜨릴 때
목련은 타인처럼 떨어진다

접속사

*그리고*를 손에 들고 조금 울었다
눈 코 입을 기억하는 일은 슬펐다 *그러나*
아버지는 가난보다 더 질긴 접속을 남기고 갔다
도처에 상처는 늘어나고 그 흉터마다 접속사 하나씩 자랐다

그리고 우리에게 남은 가난은 적절한 접속이었고
그러므로 가난은 간절한 접속이었다

*왜냐하면*을 덮고 잠을 청했다 어떤 밤도 오지 않았다
상처는 *그러나 그리고 그래서 그러므로* 늘 우리 곁에서 영역을 넓혔다
미루나무 끝까지 접속을 밀어 올리기도 하고
고양이의 눈 속에서 *그런데*를 찾아내기도 하고
빨랫줄에 *더구나*를 말리며 변화를 기다렸다
그러나 그 언저리만 흔들릴 뿐
물려주고 간 것이 접속사인 것 외에 알 수가 없었다

접속이 안 되는 생 속에서 나는
그러나 추잡한 속셈의 기다림일 뿐이고

그래서 알아야 할 것보다 좀 더 많이 알게 되었다

그해 여름 접속의 숲에서
우리는 우리를 거부했다
대학을 포기하고
사루비아는 빨강을 버렸다
불타는 칸나처럼 누나는 집을 나갔다
받아들일 수 없는 접속
그리고
아버지의 전생이 우리에게 왔다

예컨대 접속은 자꾸 끊어지기만 했다
내게 남은 접속은 상처가 다음 상처를 부르는 데 사용될 뿐이었다

접속을 껴안으면 피가 났다
접속은 표정을 짓지 않았고
우리는 자꾸 혼자가 되어 갔다

접속할 아무것도 남기지 않고 아버지는 갔다

접속으로 불러들일 사람 하나 없이
그리고 그러나 그래서 그러므로 떠돌기만 했다

제2부

어둔 계열

계열을 설명하는 중이었다
느닷없이 내장 저 속에서 어떤 계열이 컹컹 짖어 댔다
귓구멍을 뚫는지 아팠다
인문도 사회도 예체능도 아닌
어둔이라는 계열이 딸려 나왔다

다 해진 운동화 옆에 꾀죄죄한 어둔
밍밍한 어둔
어슬렁거리는 신념 같은 어둔
일하면 할수록 더 많이 일하는 어둔
시궁창 쥐처럼 찡찡대는 어둔
밟는 만큼 자갈자갈 밟히는 어둔

어둔은 불가촉천민처럼 저만치 있다

민주도 자본도 아닌
목을 쳐도 부활하는 민주주의처럼
삶은 모르고 예술은 조금 아는 척하는

무한 계열

너를 인용한다

좀처럼 떠나지 않는 버스
30년 전에 죽은 할머니를 인용한 허리가 휜 한 노파가 오른다

버스가 떠난다
그리움을 인용한 가로수가 일렬로 서 있다

두어 번의 붓질로 이루어진 나의 얼굴은 뭔가 부족하다

사나운 개의 얼굴을 한 남자가 버스에 오른다

빈센트 반 고흐는 수없이 자신을 인용했다
인용은 자신이 어쩌지 못하는 순간에 이용되는 테크닉이 아닐까

내 표정이 부족할 때 너에게 꽃을 건네주듯
진심이란 늘 늦은 것
누군가의 얼굴을 인용할 수밖에 없지 않을까

쓰레기통을 인용한 남자는 자꾸 뭔가를 뒤적거리고

한 여자가 수세미 같은 얼굴을 얹고 지나간다

불안감이 내면에 소용돌이칠 때
파이프를 물고 귀를 헝겊으로 싸맨 고흐 같은 표정이
내 얼굴에 인용된다

오늘 나의 얼굴은 해바라기를 인용해서
어질어질 어지러운 하늘
인천터미널에 내린다
바라볼 것도 없는 하늘을 바라본다

나는 내가 아플 때
차라리 언덕 같은 때때로 썰물 같은
너를 인용한다

우리 틀래?

배꼽 부근을 가만히 들여다보니
거기 ㅌ ㅡ ㅌ ㅡ ㄴ이 자신을 상형문자로 보여 준다

ㅌ ㅡ ㅌ ㅡ ㄴ 튼
튼다라는 말
우리 틀래?

몸 안에 갇혀 있는 미치광이와 기쁨과 신경쇠약이
이 튼에서 저 튼으로 오가는 동안
ㅌ ㅡ ㅌ ㅡ ㄴ의 틈으로 그가 보인다

대체 무엇이 ㅌ ㅡ의 모양으로
줄이 갔을까

ㅌ ㅡ ㄴ이 가렵다
배꼽에서 옆구리 쪽으로 여름이 지나가고 있다

넓적다리에서 궁뎅이로 ㅌ ㅡ ㄴ이 지나가는 동안
몸무게처럼 불어나는 불안이 툭 터진다
우리 틀래?

그의 살과 나의 살 사이의 무엇이
ㅌ ㅡ ㅌ ㅡ ㄴ다

견딜 만큼 견뎠다는 저 속
저릿저릿하던 마음이 뿌리째 뽑힌다

나는 어디에

며칠 전 비도 내리고 해서 따끈한 잔치국수가 생각났어요 국숫집 창가에 앉아 김이 모락모락 나는 국수를 먹었거든요 간장 양념 속 파를 건져 먹으며 파 향이 참 좋구나 생각을 했어요 식당에 도착한 건 1시 20분쯤 10분 만에 주문한 국수가 나왔고 김이 오르는 그릇 안에 멸치 국물같이 깊이 우려 나온 느린 말투의 아버지가 늘 불어 터진 세상을 살았다는 생각이 기다랗게 풀어져 있었어요 그런데 국수를 다 먹고 계산을 할 때는 2시 35분인 거예요 말이 돼요? 고작 10분이면 국수 한 그릇 비우는 데 충분하거든요 국수 한 그릇을 비우는 데 1시간 5분이 걸렸단 말이에요 정말 다른 일은 하나도 일어나지 않았어요 단지 조카에게서 전화가 왔어요 삼촌 죽은 줄 알았던 아빠가 글쎄 옆 동네에 살아 있더라고요 삼촌도 어릴 때 죽은 누나가 어딘가 살아 있을 거예요 한번 찾아봐요 그런 엉뚱한 전화 한 통 말이에요 비는 계속 내렸고 비 내리는 거리를 바라보았고 손님들이 많아 시끌거렸고 유리창에 맺혔다 미끄러지는 빗방울을 세었던 거 같고 집에 어울리는 입을 갖고 있지 못한 아버지가 우산도 없이 지나는 걸 본 것도 같았고 그렇게 후후 불며 국수를 먹었는데 그런데 1시간 5분이 지나 버린 거예요 계산할 때에 여전히 입에 파 향이 남아 있었고 시원한 국물 맛을 되새김하고 있었거든요 제 시계는 정확해요 국숫집 시계와 일치했구요 사라진 시간 동안 나는 어디에 있었나요 따뜻한 국물과 국숫발과 파 향을 입에 물고 사라진 나를 어디서 찾을 수 있나요

붉은 노을이 뒤덮인 지붕 위로 붉은 바람이 지나고 있었어요 붉음을 뒤집어쓴 어머니는 수돗가에서 붉은 시금치를 다듬고 붉은 런닝 바람의 아버지가 자전거를 닦으며 페달을 손으로 돌리고 있었어요 붉은 장독대에 붉은 강아지풀이 흔들리고 누나는 무어라고 무어라고 붉은 말을 하며 깔깔깔깔 붉은 웃음을 웃고 있었어요

아버지의 한 연구 3

안방은 기울기가 심했다 10도쯤 아랫목 쪽으로 경사가 졌고 구슬을 놔두면 아래쪽으로 흘러내렸다 알 수 없는 곳으로 밤마다 굴러가는 꿈을 꾼다며 엄마는 지긋지긋해했다 아버지는 잘 참았다 나는 기울기가 더 컸으면 미끄럼을 탈 수 있었는데 늘 아쉬워했다 겨울이면 살얼음이 낀 밥상에서 그릇들은 흘렀고 그때마다 우리는 그릇을 붙잡고 밥을 먹었다 그 많은 시간과 기울기의 관계 속에서 우리는 참아 내고 있었다 콩을 골라내는 일은 모서리에서 일어나는 우리 집의 즐거움이었다 동글동글 예쁜 콩만 아래로 흘러내렸다 아버지는 공기의 흐름을 방해하며 집을 지어 여름에는 무덥고 물의 흐름을 방해해 악취와 물 부족을 즐겼다 캐비넷 속에 넣어 둘 돈은 없었으니 오히려 돈의 흐름은 원활했고 우리는 간신히 먹고살았다 아버지는 기울어진 쪽으로 머리를 두고 자면 피의 흐름이 원활하다는 믿음이 있었다 몸에서도 흐름이 막히면 질병이 생긴다고 말하지만 숨 쉬는 일조차도 기울어져 있었다 아버지는 흐름을 신봉했고 흘러야 새로워진다고 입에 달고 다녔다 가족들의 마음은 다양한 생각이 늘 일어났다가 사라지기를 반복하는데 정작 아버지는 한 생각에 집착했다 그러나 잠을 잘 잤다 흐름은 결국 평평하게 되려는 것 기울기 속에서 우리는 평평해지려고 흐르면서 밥을 먹었고 평평해지려고 흐르면서 잠을 잤다 아버지는 방바닥의 기울기를 즐기며 내년에는 더 각을 크게 해야 평평해진다고 말했다 그 흐름으로 인해서 높은 곳에서는 낮은 곳으로 많은 곳에서는 없는 곳으로 계속 흐르고 흘러 결국은 다 평형을 유지한다고 연구에 박차를 가했지만 우리는 기울어져 잠을 설쳤고 어딘지 모르는 곳으로 자꾸 기울어져 갔다

코 파기처럼, 마치

왼손 엄지를 살짝 찔러 넣고 왼쪽 콧구멍 위쪽을 먼저 판다
이럴 땐 오렌지 주스를 한 모금 마시는 게 어때
새끼손가락으로 오른쪽 콧구멍을 파듯이
나는 누군가 좀 더 깊이 파내고 싶다
코딱지를 파는 사람은 아쉬움과 시원함이 교차될 때
엄지와 검지로 코를 살짝 잡아당기며
말라 가는 것을 믿고 싶어 한다
코딱지 같은 것도 없는 날
우리는 검지로 괜히 코안을 둥글게 회전시키듯 시장통을 어슬렁거린다
더 파낼 것이 없다는 건 얼마나 불안한가
생의 어느 구멍에 끈적하게 붙어 있다가 파지는 것들은
말라야 잘 떨어진다
덜 마른 코딱지는 다시 달라붙는다
꺼내진 코딱지 같은 것을 돌돌 말아 툭 튕겨 버린다
책상 밑이나 어느 기둥 한구석이나 방 벽 어딘가에 문질러져
말라 갈 것들
질척한 사랑도 말라 가듯이

난 참 많은 구멍에 숨고 참 많은 구멍을 파내 왔구나
나에게 보낸 너의 마지막 편지에 쓰여 있었다
파내고 싶다고
알 수 없는 것이 우리를 파내어 훽 버리는 날까지
잘 살아 보자
제발 코 판 손 같은 것으로 뭘 집어먹지 말자
누군가를 만지지 말자
마무리는 오른손 검지를 쭉 펴서 코밑을 한 번 쓰윽 문대며
코를 한 번 찡끗

영하 17도 날씨가 계속되었다

사람들은 꽁꽁 싸매고 다녔다
안으로 안으로 감쌌다
오직 입김만 밖으로 뱉어 냈다

입 모양은 보이지 않고 입김만 하얬다
입김이 단어가 된다는 걸 알았다

하얗게 피어오르는 입김은
숨의 세기와 입술의 모양에 따라 몇몇 개 단어로 확장되었다

입김으로
무슨 말을 하는지 알아차렸다

어느 먼 곳에서 오는
언어 같았다

새들이
입김처럼 포르륵 피어올랐다

저만큼 앞에서 입김이
어여 빨리 와 했다

그녀와 마주 보고 몇 마디 말을 했다
입김이 자기들끼리 뭐라고 했다

하늘에서 눈이 내렸다

추위가 계속되면서 사람들은 입김을 나누고
눈 속의 언어를 읽었다

사전을 찾는 이유

동백으로부터 멀어지기 위해서다
거리를 두기 위해서다

“동백을 보면 눈물이 나”라는
너의 말을 사전에서 찾아보면 안다

동백 [명사] 차나뭇과의 상록 활엽 교목. 높이는 약 7미터 정도이며, 잎은 어긋나고 긴 타원형이다. 4월쯤 붉은색 또는 흰색의 큰 꽃이 가지 끝마다 아름답게 핀다.

동백의 뜻을 읽는 동안 너에 대한 감정이 낙엽처럼 말라 버린다
동백으로부터 나를 떼어 놓는다

눈물 [명사] 눈알 바깥 면의 위에 있는 눈물샘에서 나오는 분비물. 늘 조금씩 나와서 눈을 축이거나 이물질을 씻어 내는데, 자극이나 감동을 받으면 더 많이 나온다.

눈물을 읽는 동안 눈물로부터 한참 멀어진다
눈물로부터 차갑게 식는다

하지만 자꾸 눈물이 나는 말이 있다
“혜경아 내게 있어 줘”

멀어지기 위해
거리를 두기 위해
사전을 뒤적이며 찾을 단어도 없는 이 말

“혜경아 내게 있어 줘”

어느 한때

누나가 죽었을 때 진돗개 망고는 양은 밥그릇을 물어뜯었다 그러지 말라고 개밥 그릇으로 머리통을 때려도 밥은 엎어 버린 채 계속 물어뜯었다 잇몸에 피가 나도록

며칠 후 형은 망고를 데리고 광교천으로 갔다 냇가에 앉아 그 둘은 멀리 광교산을 바라보았다고 했다 하염없이 흐르는 구름을 바라보았다고 했다
한참을 아무 말 없이 물처럼 흘렀다고 했다 무거운 바위 하나가 시간을 짓누르고 있었다고 했다 형은 뭔가를 잊어버린 눈으로 돌아왔고 그날부터 망고는 개밥 그릇 물어뜯는 걸 그만두었다 그리고 전처럼 고양이 치치를 괴롭혔다

물은 언제나 두려움이 적은 쪽으로 흐른다는 걸 알았다
인간은 어떤가

나는 그저 뒷마당에 쪼그리고 앉아 백일홍을 바라보았다 백일홍의 색이 바랠 때까지
그저 바라보았다
흐르는 건 흐르는 동안에 있었다
슬픔 같은 것을 바라보았다 바랜 보라이기도 하고 노랑

이기도 한 감정들이
뒷마당을 가득 채우고 있었다

물기

매일이라는 말 속에서 우리는 말라 갔고 늘 종아리는 부어 있었다
집은 불안했고 우리의 젓가락질은 건성이었다

—배 사 왔네
—응

나는 천천히 껍질을 벗기며 은밀해졌다
물기가 많고 지나치게 뽀얀 배의 속살이 보였다
잘 깎은 세상 너머로 그녀의 체액이 내 손을 적셨다

—아 맛있어
흘러넘친 맛은 그녀의 손목을 타고 팔꿈치 끝에 위태롭게 모였다
물방울 같은 단맛들이 흘러내렸다

그렇게 흘러드는 것을 우리는 그냥 물기라 불렀다

그녀는 하염없이 배를 먹고
칼을 쥔 나는 배 하나를 더 깎기 시작했다

그동안 당신 어디 있었어?
물기가 서로의 가슴을 건너고 있었다

점 점 점

점 하나가 운다
점지해 준 점을 점… 점… 점… 쑥 빼놓고
긴 울음을 접는다

태어난 점들이 꼬무락거리는 그 점은
한 생을 어느 곳에 두고 있나

나의 어떤 점이 마음에 들어?

점들을 빠져나가는 점이 보인다
약속이 있다는 점 사라진다는 점 뻐꾸기 울음이 오고
있다는 점
세상 밖으로 넘어진다는 점 끝이 있다는 점

점들이 거리를 걸어갔다
그런 점들이 모이면 우리는 약간 미친다

안을 들여다보면 영겁이 흐르는데
아무것도 없어서 찰나가 스쳐 간다
그러나 점은 어디든 미리 도착해 있다

어쩌면 나였을지도 모를
지긋지긋하고 구질구질한
구멍 같은 점이 점점 커진다

바라보면 점점 모호해지는 점

아무도 관심 없는데
점은 보인다

점이 점점 자라 점으로 가릴 수 없을 때
점은 확실한 점으로 보인다

점…점…점
사라지며 점들은 긴 울음을 운다

색깔 없는 미술관

미술관에서 그림을 관람하면서 너는

—나는 색깔이 없어
하고 말했다

그때 나는
노랑이 노랑만큼의 설렘으로 들떠 있는 그림과
빨강이 빨강만큼의 슬픔으로 지워지는 그림을 보고 있었다

「색깔을 잃어버린 소녀」라는 그림 앞에서
자꾸 그림 속으로 들어가고 있었다

색깔 없는 그리움 색깔 없는 얼굴
색깔 없는 방황 색깔 없는 방

색깔 없는 한때를 담은 오후 4시가 시리게 파랬다

미조항

돌아오는 모든 날들은 방풍림 후박나무 사이를 지난다

모르는 생각을 베고 누우면
미조항 골목 어디엔가 버리고 떠나온 옛집이 있을 것 같다
오래된 마당 오래된 우물 오래된 부모 오래된 대추나무

봄에는 미조항에 가서
입 잃고 눈 잃고 길 잃기를
아름다운 생 하나 후박나무 아래 서 있기를

어느 생으로부터 눈물이 흐른다

온 생을 밀고 가는 것이 무엇인지도 모른 채
얼마나 많은 것을 잃고야
미조항은 있는 것일까

미조(彌助)가 피었다
전생처럼

나가도(島)

당신은 언제부턴가 내게 나가라고 소리친다
나가도 나가도 나가지지가 않았다
나가도는 어디일까
모과 열매 속으로 뛰어들어도 나팔꽃 속으로 달려나가도
나가도는 없다

당신에게서 나가도 나가도 나는 여전히 당신 안에 있다
나가도에서는 종일 나가도 골방이었다

늦은 거리에서 칼날 하나를 주웠다
주머니에 넣고 잊었다
주운 칼을 집에 들이면 누군가 아프다는 말이 파랬다
주머니에 손을 넣다가 베었다
나가도처럼 날카로웠다

나가라는 섬은 오동나무를 보고 있었다
오동나무 그림자는 대문을 나갔다
오동나무 가지는 담장을 넘고 있었다
모두 오동나무 안에 숨었다

어떤 날은 책 여섯 권이 나가도로 갔다 가벼운 가방이 갔다 푸른 티셔츠가 갔다

손목에 찬 시계가 가고 내가 웃고 있는 흑백사진이 갔다

나간 것들이 모두 나가도에 모여 있었다

맨드라미 붉은 꽃대 같은 말들이 나가도에 모여 있었다

제3부

공간의 시학

책꽂이에 꽂혀 있는 『공간의 시학』을 읽었다
중간쯤에 책을 구입한 영수증이 끼어 있었다
날짜를 보니 교보문고 2006년 12월 28일
11년 전이었다
그때도 연말이었다

한 해의 끝은
해마다 어떤 시공이 내게 오고 있을 시간이었다
그때 난 부다페스트에 가고 싶었다

책 하나가 나에게로 오는 데 걸리는 시간이
책 속에 납작하게 눌려 있었다

어떤 공간이 온다는 것은
『공간의 시학』에도 나오지 않는 어려운 문제였다

저 강아지풀 같은 간지러움을

아이라인을 그리는 그녀의 오른손 엄지와 검지 중지가
하나의 힘으로 작용하는 저 초여름 같은 순간을 슬쩍
훔쳐 왔으면

눈 아래를 살며시 검지로
살살 문지르는 저 보드라움을 저 강아지풀 같은 간지
러움을
슬며시 주머니에 넣어 왔으면

검게 그어지는 아이라인을
살짝 휘어지는 그 선의 날렵함을 빌려 와
내 몸에 줄을 그었으면 내 안에서 무늬가 되었으면

화장하는 손길은 완전한 몽상의 길이 되기도 하는데
손목이 나긋나긋한 봄의 누나들
벚꽃처럼 팡팡 터지는 봄의 아가씨들
톡톡톡 두드리는 저 거룩한 경지를 몸 안에 찍어 봤으면

립스틱을 그리며 쳐다보는 손바닥만 한 거울 안에
입술 안에

나를 온통 쏟아 놓아 봤으면
꼼지락꼼지락 몸을 뒤채며 한세상 꿈이나 꿔 봤으면

그녀의 모든 감각이 하나로 그어지는 저 손길 속에서
나 깊은 권태에 들었으면

잔디 심으러 갔다

뭔가를 하고 살아야 했다 아니다, 덥다고 난리다 8월이었다 일당 5만 5천 원을 주는 잔디 심으러 갔다 목숨 같은 것을 심어 놓고 와서 어디론가 가고 싶어서 잔디 심으러 갔다 아니다, 그냥 5만 5천 원을 벌기 위해 잔디 심으러 갔다 대절한 관광버스 안에는 노인들이 가득하다 나는 젊은 축에 들었다 검은 봉다리에 담긴 김밥 두 줄이 어리둥절 자리에 앉는다 세상살이 뭐 다 그런 거지 뭐 어쩌구 하는 노래가 시끄럽게 쿵쿵거린다 어둡고 어떤 특징도 없는 곳에서 잔디 씨 같은 말을 버리고 싶었다 아니다, 5만 5천 원을 벌기 위해 잔디 심으러 갔다 우리는 맨날 다르게 말한다 아니다, 딱 어울리는 말이 없기 때문이다 땡볕이다 광교 신도시이다 아직 입주하지 않은 아파트 진입로에 일렬로 줄을 서서 호미로 땅을 판다 아니다, 먼지가 풀썩이는 곳에 자갈밭 같은 곳에 잔디를 심는다 이게 자랄까? 걱정 같지 않은 걱정을 한다 아니다, 할머니들 말로는 걱정할 것 없단다 잔디는 아주 잘 자란다고 한다 난 어디에 심어야 뿌리를 내리고 파릇하게 돋아날 수 있을까? 아니다, 온몸이 땀범벅이다 갈증이 나고 허리가 아프다 땡볕 아래 정신이 몽롱하다 이생에서 서성이는 것을 잔디 씨 훑듯 훑어 내 어딘가에 심어 두고 싶어 잔디 심으러 갔다 아니다,

일당 5만 5천 원을 벌기 위해 잔디 심으러 갔다 내가 심은 잔디는 지금 파랗게 자라고 있을까?

나는 잔다

개망초꽃이 지금의 개망초꽃이 되기를 기다릴 만큼 …… 잔다

늘 대문 밖에서만 떠도는 당신의 숨결만큼 …… 잔다

내다 버린 죽음이 푸르스름하게 올라오는 한 뼘만큼 …… 잔다

당신의 이름에 놓인 잠이 어떤 것일까 궁금한 만큼 …… 잔다

저기를 여는 문손잡이에 반짝이는 어느 오후의 지나감만큼 …… 잔다

나는 시간을 볼 줄 모른다

저 너머 생의 이름을 부르는 소쩍새 울음만큼 …… 잔다

계산역에서 내려야 하는 내력과 재산세를 내야만 하는 발걸음만큼 …… 잔다

퉁퉁 불은 하루를 살아 내고 간고등어를 사 들고 모퉁이를 도는 만큼 …… 잔다

당신 손이 참 차네, 그 말에 스며든 둥근 만큼 …… 잔다

내가 있던 곳과 내가 있는 곳 사이만큼 …… 잔다

모든 나를 마지못해 되찾게 될 만큼 …… 잔다

잠이 있어 본 곳을 알지 못한 만큼 …… 잔다

꽃을 그냥 보냈다

꽃 저문 자리가 어두웠다
안이 잠기고 있었다
기다리지 않아도 봄은 끼니처럼 왔다 갔다

머리카락이 빠져나가고
당신이 빠져나가고

벚꽃이 지는 일이
손금을 들여다보는 일이고
누군가의 손을 놓으며 서로를 건너는 일이고
아프지 않겠다고 돌아서는 속사정이고
서로가 서로를 벗어나지 못하는 일인 줄도 모르고

찔레꽃 떨어지는 일에 한 시절이 깎이는 줄도 모르고
당신이라는 이름 하나가 희미해지는 줄도 모르고

꽃잎 하나 떨어지는 일이
모르는 곳으로 이사를 가고
동사무소에 가서 사망신고를 하고
당신의 바랜 뒷모습을 쳐다보는 일인지도 모르고

목련꽃 한 잎이 지는 일에 봄빛이 흐려지는 줄도 모르고

당신의 생김새를 열어 보고
당신의 등을 쓰다듬던 일이
분홍의 다른 이름이었음을 모르고

각을 보았다

찔레 향기가 닳아서 흐리다
어제는 찔레꽃과 뻐꾸기 울음이 이루는 각을 보았다
그리움은 하얀 표정을 봄볕에 부비며 찔레 순처럼 왔다

가장 먼 이름 앞으로 몇 개의 형용사가 지나갔다
어떤 질문으로도 각도를 잴 수 없어서
자주 하얗을 만지작거렸다

찔레는 여전히 찔레가 되고 있었고
스무 살을 오래 걸었지만 가시처럼 찔러 댔다
떠나는 봄밤이 각의 크기만큼 흔들렸다

뻐억꾹 울음이 달라붙는 저 각이 자꾸 슬퍼 보였다
송홧가루처럼 목이 말랐다
각에서 들려오는 목마름은 길었다

온몸에 각을 꽂고 찔레 길을 걸었다
찔레꽃이 피어 있는 내내 가슴이 따끔거렸다

봄에 우는 사람이 많았다

꾀죄죄함을

몰래몰래 후벼요 시간을 허기를 코딱지처럼 후벼요 비밀의 가장자리를 누군가의 내막을 살살 후비고 후비다가 싸대기를 맞기도 했어요 몇 개의 궁금증이 귓속에서 하얗게 덩어리져 나오도록 귀를 후벼요 코딱지 후비다 죽은 사람도 있다는데 그래도 후벼요 티비를 보면서도 손톱으로 방바닥 장판을 후벼요 후비적거리는 내 손을 보고 엄마에게 얼마나 등짝을 맞았는지 몰라요 그래도 후벼요 한번은 라일락꽃 속을 후비다가 나를 전부 덮고도 남을 향기를 만나 취해 버렸어요 내 속에 들어온다는 건 취하는 일이지요 후벼도 후벼도 어딘가 보이는 구멍 시원하려고 후벼도 돌아오는 오해 그래도 용기를 냅니다 남들보다 손가락이 많아서 후비는 건 아니에요 손톱이 길어서도 아니에요 간지럽고 보이지 않는 못 견디는 한순간들을 후비는 거지요 변비에 걸려 똥구멍도 후벼 봤어요 큭큭 어때요 천국을 어떤 기원을 후벼 봐요 틈을 후비고 오후 3시를 후비고 오래된 번지수를 후벼 40년 전 아버지를 꺼내요 소문도 후비고 구름도 후비고 끝내는 후비고 있는 나를 후벼요 후벼서 꺼내 논 것들은 왜 이리 보잘것없는가요 이리도 지지리 궁상인가요 하나같이 구석에 뭉친 그림자 같은가요 흥흥흥 흥이 나지 않는 걸까요

한 주정뱅이가 쥬라기 지층에, 또 한 가정에 미치는 영향에 대한 연구

석철이네는 일직선으로 우리 집보다 세 계단쯤 높은 지층에 자리 잡았다 그러나 한 우물을 쓰고 한 하수구를 통해 삶의 찌꺼기를 내보냈다 한 대문을 사용했고 석철이네 안방에서 밥도 먹었다 땅콩 장사를 하던 석철이 아버지는 술주정이 심했다 우리 육 남매가 오며 가며 자기네 마루에 놔둔 푸대에 담긴 땅콩을 훔쳐 먹는다고 사실이기도 하고 아니기도 한 일로 시비를 걸었다 두 살이나 위인 아버지에게 근모야 근모야 이름을 부르며 맞먹으려 했다 아버지는 개자식 하고 쌍욕을 하셨다

그 단층을 경계로 오동나무 하나가 자라고 있었다 석철이와 나는 오동나무를 타며 오르고 내렸다 우리의 놀이에는 경계가 없었다 아버지는 며칠 연구 끝에 몇 만 년 된 단층을 따라 철조망 같은 철사로 담을 치기 시작했다 하루아침에 뛰어오르고 내리던 우리들의 땅이 막혔다 경계에 선 오동나무는 석철이네 쪽으로 기울어져 있었다 석철이 아버지는 그건 우리 꺼야, 소리쳤다 아버지는 단숨에 오동나무를 넘겨주며 철조망을 쳤다 아침이 갈라졌다 표정이 갈라졌다 얼굴을 맞대는 우물에도 우물 한가운데를 가로질러 판대기로 벽을 쳤다 반으로 갈라진 우물에서 물

긴는 일이 반만 허용된 듯 어색했다 석철이와 나는 판대기 틈으로 눈을 마주치며 킬킬댔다

어느 날 오동나무 아래 철조망 너머로 석철이 아버지가 나에게 땅콩 한 주먹을 주며 형이 죽었다고 중얼거렸다 그때 석철이 아버지는 오동나무를 찾아온 것이지 나를 찾아온 것은 아니었다 칙칙한 외로움을 처음 본 날이었다 우리 집은 나무 대문이 새로 생겼다 다만 석철이가 집어다 주는 땅콩이 사라진 게 아쉬웠다 한 주정뱅이가 쥬라기 지층에 또 한 가정에 미치는 영향에 대한 연구 결과 아버지는 이렇게 결론을 내리셨다 "호로자식" 그 경계 사이로 그해의 오동꽃이 피었다

노란 줄

노란 잎이 내려오는 길을 보았다
가을 안에 노란 줄이 구부정 그어졌다
그날 용문사 천 년 묵은 은행나무를 반쯤 알았다

그때 내 몸에도 길게 이어지는 줄을 보았다
촉수처럼 자라나 늘어져 있었다
끊어지지도 않고 소리도 없이 딸려 다녔다

한동안 환하게 나를 지나는 길은
노랑매미꽃 사이였고 큰달맞이꽃 언저리였다
해바라기의 세계로 나를 끌어당기기도 했다
노란 줄이 생기고 나서 창문들이 잘 보였다
누구도 내 몸의 노란 줄을 알지 못했다
누구도 건드리지 않았다

하지만 그녀는 늘 노란 줄을 건드리며 온다
갈 때도 늘 노란 줄을 건드리고 갔다

노란 줄이 흔들릴 때면
노란 잎이 내려온 길을 걸어가 보았다

그녀의 뒷모습이 아팠다
용문사 천 년 묵은 은행나무를 반쯤 더 알았다

나 아직

어느 생의 자귀나무 아래 서 있었네
자귀꽃이 떨어지며 전생인지 후생인지 알 수 없는 잎 하나 떠넘기네
여기를 산다는 건 마음 하나 떠넘기는 일

노란 국화 한 송이가
들판을 떠넘기고
산 하나를 떠넘기고
계절 하나를 떠넘기고 있네

빨강을 떠넘기는 마음 하나가 어떻게 오는지
나는 하얗게 앓고 있는 사람

나 아직 떠넘기지 못한 저녁과
빗소리처럼 떠넘기지 못한 울음과
떠넘기지 못한 죽음이 너무 많아
몸이 백만 번 죽었네

번지도 주소도 없는 여기를
나는 잘못 떠넘겨 왔으므로

그저 지나는 바람을 사유하네

나는 가장 먼 생을 돌아서
당신에게 떠넘길 마음 하나 만들고 있네

뒤란 석류가 터질 듯 붉은 마음을 주렁주렁 매달고 있네
당신을 닮았네
반쯤 떠넘겨지는 생을 보고 있네

먼 곳

잘 늙은 마루에 누우면 먼 파도가
몸 어딘가에 모르는 저녁을 두고 갔다

저 너머 장재도에 노란 원추리가 흔들려 갑자기 오후 6시가 사라졌다
유자가 파랗게 매달려 익어 가는 수요일이다

등 굽은 할매가 저녁을 차리는 민박집 뒤뜰
고요만큼 빨랫줄이 흔들리고 냄비는 달그락달그락 끓어넘친다

말라 가는 생선의 눈을 본다 문득 전생이 멀다

바람이 분다 배롱나무 붉은 너울이 친다
마당을 지나는 슬리퍼 소리가 어둠을 끌고 간다

모기향을 피우면서 달력을 본다
입추가 얼마 남지 않았다

눅눅한 노트에 뭔가를 적어 놓고 물끄러미 바라본다

벽에 등을 기대는 사이 여름의 끝이 보였다

알전구를 껐다
물방울 같은 귀뚜라미가 밤새 저 너머를 울어 준다

내용도 없이 눈물이 난다

바톤

사십이 오십에게 넘겨준 바톤
호흡이 잠시 맞지 않았고 삐끗했다
빨간 속이 텅 비어 있었다
오십이 시큼했다
바람바람바람
다만 어딘가로 뛰어가고 싶었다

아주 먼 곳을 달리다가 아침이면 늘 같은 장소에서 눈을 떴다
모든 방은 하나의 트랙이어서 밤새 달리고 달렸다

때로 바톤을 떨어뜨려 주춤거리고
머리가 꼬리를 물고 꼬리가 머리를 물고 돌고 돌았다

어디서 나는 시작되는가?

눈을 뜨면 바톤이 넘겨준 몇 개의 단어가
머리맡에 빠진 머리카락처럼 흩어져 있었다

바톤 속에 몇 십 년이 지난 기억들이 재어져 있다

어떤 물음 하나가 운동장처럼 텅 비어 있었다
오십은 시간이 아니라 어떤 지점인 것 같다

모든 아련한 것들이 바톤을 건넨다
해변의 냄새를 안고 바톤은 달린다
4월의 회색 스웨터를 입고 달린다

바톤은 생을 어느 다른 곳으로 데려가지는 않았다
그저 넘겨줄 뿐 돌고 돈다

바람이 달린다
산 하나가 달린다
아카시아 향기가 달린다
맥주잔을 들고 치킨이 달린다
바톤을 손에 쥐고

무한한 변주

가로수 아래 울면서 토하는 여인을 보았어
울컥이는 등 너머로 번번이 나를 보았지

너는 이게 문제야라는 말이 반가웠어
타인은 항상 나보다 치밀했으므로
어떻게, 라는 단어 앞에
채찍질을 당하고 싶었지

자기 연민이란 출구를 택한 어제는
자기 보호의 맨 끝으로 가려고 버스를 탔어
인정받고 싶은 마음이 초라하게 유리창에 비쳤지

눈 내리는 거리는 모든 사물을 눈으로 만들고 있었지

사람들은 사람을 잃고 사람이 되고
왜냐하면을 버리고 왜냐하면을 찾고
회전문을 밀고 들어가서 회전문이 된다
너를 잃고도 왜 나는 네가 되지 못하는가

나는 나를 생각하는 동안에도 내가 되지 않았어

사람들은 비슷하게 서 있고 비슷하게 걸어가고
비슷하게 밥 먹고 비슷하게 잠자고 비슷하게 뉴스 보고
비슷하게 이야기를 나누는데
어떻게 나는 나고 너는 너인 걸까?

동인천 삼치구이 골목에서

동인천 삼치구이 골목에 비가 내린다
말라 가던 사람들이 지느러미를 움직거리며 모여든다

둥근 의자에 앉을 쯤이면 비린내를 풍긴다
젖은 얼굴들이 안주 삼아 비늘에 대해 이야기한다
우리 조상인 물고기에 대하여 지느러미에 대하여
하루 공친 일당에 대하여
아가미를 들썩이며

50년 전통이라는 삼치구이집에 와서
삼치는 비로소 구이가 되었다
아직 어디 닿지도 못하고 구워지지도 못한 자들이
비가 오면 물결이 그리워 여기 모인다

서로를 발견한 지느러미들은 물결을 만들고
생이 젖은 사람들
비 내리는 골목 안 물결을 거슬러 올라간다

우리는 그저 한 마리 물고기일 뿐이라고
눈을 껌뻑인다 방향도 없다

꼬리지느러미를 흔드는 지친 것들이 캄캄하게 온다
비에 젖은 막노동자였다가
막걸리였다가
물결이 되는 것들이

비 오는 날 삼치구이 골목에 들어서면
한 마리 물고기가 된다
아가미가 생기고 지느러미가 생기고
우리는 자신의 태생 안으로 헤엄쳐 간다

4등분의 경계와 딸꾹질의 상관관계

술이 떡이 된 다음 날 나의 딸꾹질은 하루 종일 멈추지 않는다

물구나무서기, 숨 참으며 물 마시기, 깜짝 놀래키기, 설탕 한 숟갈을 혓바닥에 놓고 녹여 먹기, 콧구멍 간질여 재채기 나오게 하기, 혓바닥을 손으로 힘껏 잡아당기기 등등 온갖 방법을 다 썼지만 멈추지 않는다

어머니는 부엌에서 물이 가득 든 국그릇과 젓가락을 가져오셨다
젓가락을 그릇 위에 십자 모양으로 놓으시고는
십자 모양이 흐트러지지 않게 엄지손가락으로 꾹 누르고
네 구멍을 돌아가며 숨을 쉬지 말고 천천히 물을 마시라고 했다
전에 없던 무당기 가득한 눈빛이었다

약간 웃음이 나왔지만 나는 갈비뼈 부근이 너무 아팠다

젓가락의 경계가 여기와 저기 이상한 선을 지나는 듯

했다
젓가락이 만나는 지점을 꾹 누르고
네 구멍을 돌려 가며 물을 마시면서 눈으로는 그릇 속을 들여다보았다

사기그릇 꽃무늬가 흔들렸다
조왕신이 꽃으로 피어나는지 그릇 속 물이 어떤 이야기처럼 흔들렸다
머리카락이 쭈뼛 서고 소름이 돋았다
찬물을 넘기는데 넘어가는 것은 불덩이였다
깊은 구멍 하나가 흔들리고 뭔가 내 속으로 쑥 들어왔다
"멈췄어, 신이 내게 온 것 같아"
어머니는 부엌으로 사라지며 뭐라뭐라 중얼거리셨다

감쪽같다는 말

잘 익은 홍시를 반으로 쪼개서 다시 붙여 놓으면 쪽이 되기 전처럼 달라붙는다드라 그래서 아무 일도 일어나지 않은 것처럼 감쪽같이 되는 거지 봄날 바람이 어찌나 불던지 네 누이 죽던 날 말여 내 몸이 반쪽이 났었지 어찌나 벌어지는지 붙이고 붙여도 붙지를 않아 맨 처음 네가 반쪽으로 보이더라 고개 넘으며 보던 달도 반쪽이 나고 한끼니 밥상도 벌어지고 하얀 목련도 벌어지고 울음으로 부르는 네 누이 이름도 벌어지고 당최 벌어지지 않은 게 없었어 그래 일어나 앉았을 힘도 없길래 달포를 넘게 누워 있었지 움직거리면 안 붙을까 봐 40여 년이 지난 지금 붙긴 다 붙은 것 같은데 이 세상에 감쪽같은 일은 없어야 왜 영화동 살 때 대문 옆에 감나무 있었잖어 자세히 보면 감나무 접붙인데도 표가 나고 티가 나야 내 몸이 반쪽이 났다가 이렇게 다시 붙었지만 봄날 창문 덜컹거리는 소리가 나면 벌어졌던 온몸에서 눈물이 나 감쪽같은 마음도 슬픔은 감쪽같이 숨길 수가 없어야

제4부

환청

그녀가 응 대답을 하고 나오지 않는다
앵두라고도 부른다

칙칙칙칙 밥솥에서 김이 오른다
보이는 것들이
빨갛게 익는다

응응응응응응응응응응응응응응응응응

몸을 숨기고
모르는 것들이 천지간에 빨갛게 대답한다

앵두는 나를 어디론가 데려가려 한다
응 위에서 길을 잃는다

곡을 탄다

여의도 매미는 속세에 시달려 악을 쓴다

맴 — — 직선의 소리가 전신주에 가서 부딪친다
날카로운 자동차 소음과 싸운다

곡(曲)을 타지 못한다
새벽잠에 바늘처럼 와서 찌른다
곡선을 타지 못한다

선암사 매미는 곡을 탄다

목탁 소리에 슬그머니 스며든다
대웅전 추녀 끝에 쓰륵 감긴다

모과 열매 울퉁불퉁에 맴~ 맴~ 맴~ 어울린다

해바라기 얼굴처럼 노랗게 둥글다

해우소 똥 덩어리 떨어지듯 끊어졌다 이어진다

출렁출렁한다

가슴속 절 하나 지닌 너

우리 사랑이 곡을 탄다

산길 하나가 마음속에서 빠져나갔다

8월의 계양산 밑에 쭈그리고 앉아 땀을 흘렸다
어떤 길을 너무 많이 온 마음과
어떤 마음에게 가고 싶어 사무친 길 사이에는
서성이는 발자국들이 많다

무성히 자란 초록이 무섭다
마음을 데리고 다니던 산길도 마냥 흐려졌다

사라지는 산길 때문에 오늘 내 마음은 하나뿐이다

산이 무뎌진다는 말을 들어 본 적이 없다
그러나 산은 자꾸 무뎌지고
산길은 이제 안개 가득한 것으로 변한다

어느 도착점에 닿는다는 것이 슬퍼지는데
간신히 닿았다 싶었는데
당신이라는 단어를 찾을 수가 없다

산길 끝은 번진 마음에
산길인지 평지인지 밭인지 공터인지 모른다

산길은 저만의 산속으로 발을 옮긴다

우리들의 도착에는 그냥 살아가야만 하는 사람들이 있고
끝이라는 한쪽이 기우뚱거렸다

유추가 사라졌다

순정남 우리 집 개는 아무 개나 따라가지 않는다
도도녀 옆집 개도 아무 개나 따라가지 않는다
순정남은 눈이 맑다 그러므로 도도녀의 눈도 맑을……
이것이 유추인가?

회기에서 종로3가 가는 길
티베트의 즐거운 지혜라는 책을 읽는다
눈에 보이는 것은 모두 공(空)이라고
붓다는 쓸데없는 말을 하고 있었다

나의 따라가지 않는다와
그녀의 따라간다 사이에도 유추는
있다? 없다?

그래서 그러니까 그런 거라고 우리는 자꾸 말을 잇는다

어제 핀 아카시아꽃은 내 눈빛이 되었고
내 눈빛이 네 속을 파고들어 갔어 그러니까 너의 눈에서
아카시아 향기가 나
우리는 자꾸 이따위 헛소리를 하고

이것은 유추의 여지가 없고

그녀와 걷는 종로3가는
공(空)도 허도 아니었다
그녀와 나는 유추를 데리고 모텔에 간다
순정남은 눈이 맑다 그러므로 도도녀도 눈이 맑을 것이다라는 유추는
그녀의 엉덩이처럼 물렁물렁하다

그러다 보니
나는 유추의 입술을 살살 깨물었다 유추도 나의 입술을 살살 깨물었다
나는 유추를 사랑한다 그러므로 유추도 나를 사랑하는지
젠장
난 알 수가 없다

오후 4시에 사람이 번지고 있었다

한 발짝도 혼자 걸을 수 없는
팔순이 넘은 어머니가
휠체어를 타고 아버지 산소에 간다
가 뭘 만나려는지
뭔 말을 하려는지
양말과 올라간 바지 사이
하얗게 드러난 다리가 더 가늘다
무덤 앞에서
어쩌지 못하는 다리를 보았다

머뭇거리는 영산홍 붉음 사이로
어머니 기도 소리
가야 하는데
……
다리가 아파서 갈 수가 없어서
……
나 좀 데려가 달라고
……

엄마가 뿌옇게 번지고 있었다

다리가 없어도 갈 수 있는 곳이 있다는 걸
다리가 있어도 가지 못하는 곳이 있다는 걸

무덤들 사이에서 그냥 울었다

모눈종이 위의 기울기

이 모눈종이로 나는
네 마음의 넓이를 구하거나 내 상심의 넓이를 비교한다

깊은 밤이 막대그래프의 높이를 키우고 있다
너와 나의 시간들이 그 위에 점 하나로 남는다

우린 이렇게 점 같은 시간으로 가고 선으로 가고 원으로 가고
입체를 갈망하고 있지만 제대로 한번 서 보지도 못했다

다면체를 향한 우리들의 기울기는 가파르다
막대그래프 위로 호박잎이 푸르게 자라고 무당벌레는 어딘가를 기어간다
막대와 막대 사이에서 빨래가 흔들리고 개 한 마리 묶여 있는데
그저 평면일 뿐
우리는 왜 기울기만 있는가

오늘 너의 눈빛은 가로 9㎝ 세로 25㎝의 한 지점에서 나를 본다

성실한 자로 내 심장과 너의 심장의 거리를 재 보며
그 위에서 우리는 영혼처럼 떠다닌다

점과 선으로 오는 통증
때로 우린 컴퍼스로 서로의 가슴을 찌르고 거기를 원점으로 자신의 원을 그렸다
통증은 동그래졌다

아무도 모르게 오렌지 한 알이 되었으면
너의 세로와 나의 가로 안에서

배드 — 민트 공

배드민트 공에도 머리가 있다
공(空) 속을 들여다본다
페퍼민트도 스피어민트도 아닌
배드민트
나쁜 향기
나쁜 새끼
배드민트 공은 멀리 간다
배드민트 공(空)은 멀리 갈까
배드민트 공을 들여다보면 닭털 같은 모르는 속으로 들어가는 착각
털로 날아가는 상상
너에게 내가 착각으로 날아가는 것처럼
톡 치면 날아가는 생각들
생각이 담겨 날아가면
다시 톡
생각이 돌아온다
생각은 그저 그렇고 그런 떠 있는 것
있는 힘껏 공을 날리고
그러는 사이 깃털은 빠지고
깃털 빠진 공은 빙빙 돌고

그래도 자꾸 머리를 쳐야 하고
자꾸 머리부터 날아오고
머리부터 떨어지고
그래 봤자 공(空)
날아가서 돌아오지 않는 배드민트 공
날아가서 돌아오지 않는 베드민트 공(空)
날아가서 돌아오지 않는 나쁜 향기 나쁜 새끼
아주 높이 떠 있는 배드민트 공은 우주선 같고
내 생각 같고
오무아무아

●오무아무아: 태양계 바깥에서 온 행성. 외계인이 보냈다는 설도 있음.

요 앞의 일

요 앞에 갔어
셔츠를 세일하고 있었지
문득 가로무늬는 슬프다는 생각을 했어
세로무늬를 골라 보니 내게 맞는 치수가 없더라
할 수 없이 가로무늬 셔츠를 샀어
내 몸에는 세로가 살지 않아

가자미 튀김을 맛있게 하는 집에
소주를 한잔하러 갔는데
자리마다 다들 튀긴 가자미를 먹고 있는데
가자미가 지금 막 떨어졌다고 하지 뭐야
남은 시간이 납작하게 튀겨지는 저녁이었지

길바닥에
양파링이 어디서 오는지 알 수 없는 원의 세계처럼 떨어져 있었어
저 안의 조그맣고 둥근 세계가
저 안의 버려진 어둠이
사람들 발길에 와싹 부서지고 있었어

가자미를 사려고 마트에 갔어
포장 비닐에 30% 세일 그 위에 50% 세일
빨간 글씨의 할인 스티커가 겹겹으로 붙어 있더라
그때 알았어
기다랗고 비릿한 남겨진 것의 냄새

가로무늬 셔츠를 입고
50% 세일 가자미를 튀겨 간장에 찍어 먹었지

남겨진 둥근 저 안
누가 버린 것 같은 밤 11시가 지나고 있었어

노 서비스 에어리어

아무도 모르는 쪽으로 눈물을 흘리고
가끔 입이 사라지고
석류 같은 색깔로 앉거나 저쪽을 보거나
은사시나무 같은 잎으로 몸부림치거나

이상하게 작동하는 제품이 되었다

여보세요
서비스 센터죠?

예 고객님
어떤 문제가 있나요

자주 어두워지고
시도 때도 없이 배롱나무 흔들리는 여름을 기다리고
콩새가 저녁을 부르는 소리에 질겨지고
어딘가 베어져 나간 것처럼 이빨 자국이 휑하고
속이 마모되고 녹이 슬었나 봐요

마음이 앵두 익는 시골 뒤란을 걷다가

저녁 언덕을 내려가고
찔레꽃 아래에서 누군가를 하염없이 하얗게 지워요

제품 번호 좀 불러 주세요
청주60-71003입니다

고객님의 제품은 너무 오래되었고
속이 다 마모되어 부품을 갈아야 하는데
그리움 같은 것은 너무 옛날 것이라 이제 부품이 나오질 않아요
그냥저냥 쓰시다가 버리시는 게……

그 누구에게도
그 어디에서도
서비스를 받을 수 없단다

그리움만으로 가득 찬 몸은
노 서비스 에어리어

저 속

딸아이를 시집보내는 일 앞에서 생의 초라한 발견처럼 약을 먹었어요

딸애의 저 깊은 속을 다 불러낼 수 없어서 불러내도 불러내도 들을 귀를 앓고 있어서 서로에게 기대고 감싸 주던 기생의 일들이 저 속에서 꿈틀대고 있어서 마주 보고 고백하듯 약을 먹었어요

보내는 일은 속이 매스꺼워서 그 애의 눈을 보면 희미한 것들이 자꾸 자라나서 항문이 자꾸 가려워서 종일 빗소리 들으며 먼 곳을 바라볼 일만 남아서 오래 그 애를 기다려 본 적이 있어서 딸애의 결혼을 앞두고 우리 네 식구는 탁자에 둘러앉아 구충약을 다 같이 먹었어요

가족사진을 찍듯이 가족 여행을 가듯이 참 쉬워 보였지만 참 쉽지 않은 알약을 먹는 일

슬픔 같은 것들을 저 속에 묻어 두면 회충이 창자를 뚫듯이 어딘가를 뚫고 갈 것 같아서 무슨 거룩한 일을 치르듯 동시에 알약을 넘기고 우리는 웃었지요 녹아서 사라질

것들의 내일을 생각하며 속이라도 깨끗하게 하고 가라고 동그랗게 웃었지요

이유도 없이 흐려지는 지금의 나를 감춰 보려고 먹었어요 구충제를 먹은 날은 딸애나 나나 저 속이 한 번 죽은 날이었어요

청주 사직동

큰집에 갔다 머리를 산발한 여자가 담장 아래에 쭈그리고 앉아 꽃인지 바람인지 헛것인지를 보며 중얼거렸다 고모라고 했다 나를 보고 웃었다 고모는 입에 물고 있던 사탕을 손으로 꺼내 내 입에 처넣듯 밀어 넣었다 달콤함이 비릿했다 욕지거리가 올라왔다 꾹 참았다 고모는 하루에도 몇 번씩 분홍 보자기에 뭔가를 싸서 몰래 집을 나간다고 했다 죽은 아이의 옷이 들어 있다고들 했다 나는 그해의 가장 예쁜 색깔들이 아롱다롱 담겨 있다고 믿었다 점심때 빙 둘러앉아 밥을 먹었다 고모는 김치찌개를 퍼먹다 느닷없이 숟가락으로 밥을 듬뿍 떠서 내 밥그릇 위에 놓았다 그리고 천진하게 웃었다 빨건 김치 국물 자국이 움푹 패인 고모 밥그릇에도 불룩한 내 밥그릇 위에도 선명했다 보이지 않는 고모의 뒷자리가 화르르 날렸다 백일홍 붉은 대낮이 밀려드는 고모의 큰 눈을 물끄러미 바라보았다 감정이 늘어진 둥그런 고모가 네모난 나를 잡아당겼다 고모는 분홍 보자기가 없으면 아무 데도 가지 못했지만 그날은 나를 데리고 밖에 나왔다 골목을 지나는데 사람들이 수근거렸다 저기 …… 미친 …… 바람이 불었다

손지식

들뢰즈를 니체를 알지 못하는 일은 부끄럽지 않지만
못을 박을 때 못이 휘는 일은 부끄럽다
나무를 자를 때 톱 지나간 자리가 쥐뜯어 논 것 같을 때 창피하다

머리로 생의 주파수를 맞추는 머릿지식은
구둣방 뭉툭한 손으로 구두 밑창을 갈고 있는 손을 봐도
아무런 교감도 없다

지식은
내가 사랑하는 지식은
2인치 대못은 두 번에 때려 박아야 하고
3인치 대못은 네 번에 때려 박아야 기분 좋은
손지식이다

망치의 탄력과 톱의 질감이 내 손으로 흘러든다
내 몸의 일부가 된다

삽을 잡기 전에는 알지 못하는
생선을 만지기 전에는 알 수 없는

지식이 손에는 있다

생의 주파수는 배관공이 얼마나 돌려 깎아야 딱 맞는 나사산이 만들어지는지
손가락의 방향과 얼마만 한 힘으로 문질러야 구두 광이 나는지
끓는 기름 속에 손가락을 넣어 보고 온도를 알아내는 곳에 있다

할머니의 된장찌개 맛을 어머니의 육개장 맛을 어찌 머리로 흉내 내겠는가

오이가 파랗게 크다가 늙어지면 노각이 되어 누래지는 것
분꽃이 노랑, 빨강 피었다가 그 끝에 까만 눈을 반짝이며 우릴 쳐다보는 일들이
다 손지식이다

냉장고를 혼자 둘러메고 가는 일
풍랑을 이겨 내며 키를 잡는 일

아픈 배를 살살 주무르는 일

펑크 난 바퀴를 갈아 끼우는 일

고갯마루를 오르는 리어카를 밀어 주는 일

어쩌면 비천한 말들을 어루만지는 모든 일들이 손지식이다

떨림은 어디서 오는가?

통북어를 보면 몸이 부르르 떨린다
저 메마른 어디에서 신호는 오는 것일까

술 마신 다음 날 아침 이불 속 머리맡을 흔들던
북어 두드리는 소리
북어의 몸과 엄마의 잔소리 사이에서 햇살이 떨린다

벚꽃 한 송이가 그 여린 분홍 하나가
온 국토를 부르르 떨게 한다
해마다 봄이면 한반도가 부르르르

우리 사는 일이 부르르를 꺼내는 일
떨림에 기대어 한생이 저 너머로 지나가는 일

해독되지 않는 떨림이 자주 온다
멈춰 있는 달력을 부르르 흔든다
골목 모퉁이를 도는 한때를 부르르르 삼킨다

나를 떨게 하는 것들이 반갑다
잊혀진 사람들이 다 내 옆구리로 부르르 오기를

부르르 부르르 내 옆구리가 계속 울렸으면
북어 두드리는 소리가 자주 들렸으면
네가 나의 옆에서 자꾸 울렸으면

벌레가 된 날

"벌레요. 벌레 벌레 어깨에 벌레가 기어가요" 손가락질하길래
나도 놀라 몸을 터는데 벌레라고 말한 아가씨가 "아악" 소리를 지르며 저만치 달아나네

전철 안인데 난 서 있는데 바로 앞에 앉은 아주머니가 째려보는데 다들 벌레가 어디 있나 나만 바라보는데

누구는 벌레이고 싶은가 벌레 씹은 얼굴을 하고 두리번거리는데 분명 기어가던 벌레는 어디로 갔는지 보이지 않고

이상하게 몸이 근질거리고 목덜미가 가려워 손으로 쓱 털면 옆에 있던 아가씨가 자리를 피하고

벌레는 어디로 감쪽같이 사라지고 대신 내가 벌레가 되고

우린 어딘가로 가고 전철은 벌레처럼 길게 기어가고 앞의 아주머니는 자꾸 자리 주변을 살피고 나를 흘끔거리고

그러는 동안 한강을 건너고 나는 한 마리 벌레가 되어 징그러워졌고 누군가의 어깨에 매달려 어딘가로 가고 있는 것 같고 어느 순간 영혼을 보는 벌레의 눈을 하고 있고 수없이 많은 털을 움직거리고 있는데 벌레는 어디로 갔나요

어쩌면 우린 모두 벌레가 되어 기어가고 있는데 배추흰나비 애벌레의 눈을 뜨고 싶은데 애벌레에서 나비가 되고 싶은데

하루를 잘 살아 낸 것도 누군가에게 감사해야 하는 일이라는데 벌레가 된 하루 난 누구에게 감사해야 하나요 정말, 쓰바씨바합니다

●쓰바씨바: 러시아 말로 '감사합니다'라는 뜻.

도화사거리에서

엄마는 자꾸 도화사거리라고 했다
약국을 말할 때도 도화사거리 약국이라고 했고
도화사거리에 가서 두부를 사 오라고 했다
도화사거리 미용실 골목 안에는
여기인지 거기인지 모르는 분홍이 있었다

생선을 머리에 이고
생선 사세요, 외치며 수많은 골목을 걸었던 엄마의 몸에서
비린내 대신에 분홍의 냄새가 났다

도화사거리는 지금까지 살아온 시간보다 길었다
보이지 않는 도화를 찾으며 길을 잃어버리기도 했다

그 골목은 그저 복사꽃 한 잎의 두께만 했다
엄마의 안과 밖
그 사이에 놓인 분홍이 너무나 컸다
여기인지 거기인지 알 수 없는 분홍을
그냥 담고 있었다

분홍분홍 얘기하는 저 사거리 추어탕집 지붕 위로
연 이틀 비가 내렸고
엄마는 도화사거리라는 희미한 말을 남기고 가셨다
나는 사거리의 풍경이 내 몸으로 몽땅 흘러드는 걸 바라보았다

분홍이 아무렇게나 휘날리는 저녁
슬픔이 반복될 것이라는 걸
나는 도화사거리 골목
시멘트 벽에 기대어 알게 되었다

아무 뜻 없이 분홍을 날리는 골목의 궁금을
저 알 수 없는 세계를 열어 보이는 분홍의 신비를
이따금 만졌다

엄마의 한숨 같은 분홍이 스멀스멀 피어났다

안김과 안음이 뒤섞인 곳에 벚꽃이 휘날리고 눈이 내렸다

이경림(시인)

'시란 무엇인가'라는 질문은 사실 너무나 관념적인 질문이다. 그것은 시가 딱히 무엇이라 정의 내리기 힘든, 보이지는 않지만 신비스러운 에너지를 가진 생명체이기 때문이다. 뭐라 설명하기도 힘든 시는 그래서 비논리적이다. 비논리에 의한 것이고 비논리인 것을 위한 것인지도 모른다. 논리에는 시를 담을 수 없다. 인간의 논리는 시가 들어가기에는 너무나 협소하다. 시는 이 협소한 논리의 넓은 하늘이라 할 수 있다. 그 반대로 논리는 아주 조그만 인간의 생각에 지나지 않는다. 논리를 넘어설 때 비로소 인간은 있는 그대로의 세계를 이해하게 된다. 그것이 시에 들린 자들이 감내하지 않으면 안 될 마음의 근본 변화다. 어떤 훌륭한 논리로도 그 불가해한 근본 변화를 기대할 수는 없다. 시만이, 아니 예술만이 가능하다. 이런 말도 논리에 젖은 자들은 모순된 주장이라 할지도 모른다. 그러나 세계의 모순을 발견

하고 모순을 이해하는 시인이야말로 시의 본질을 알고 있는 사람이라 할 수 있을 것이다.

정진혁의 시에는 모순어법에 속하는 시들이 많이 등장한다. 모순을 밀고 가다 보면 결국 부정할 수 없는 사실에 이르게 하는 시들. 이번 시집에서 그는 모순이라는 공을 아슬아슬 몰고 가 결국 합일이라는 골대에 넣는 개인기를 볼거리로 제공한다.

일본의 선사 이뀨는 '진리는 모순적'이라고 말한다. 오직 진리가 아닌 것만이 일관적이라고. 그는 언제나 일관적인 사람이 있다면 그를 피하라고까지 한다. 일관적인 사람은 단순히 철학화되어 있는 사람일 뿐이며 아무것도 체험하지 못한 사람이라고. 그는 또 '진실한 사람은 그냥 실상만 말하는 사람'이라고도 말한다. 그렇다고 그가 일관적인 것을 나쁜 것으로 생각한 것은 아니다. 그는 일관적이든 모순적이든 별 차이가 없다고도 말한다. 전체적으로 보면 '모순 또한 진리'라고 말하며 모순을 통해 진리를 찾으라고도 한다. 그런 의미에서 정진혁의 이번 시집은 모순을 통해 진리를 찾는 과정을 보여 주는 시집이라 해도 좋겠다.

안긴문장과 안은문장이 빚어내는 신비로운 교향악

> 난 너의 안긴문장이 되고 싶어라고 그녀가 말했다
> 그 순간
> 나는 그녀가 나의 고독을 안고 다녔음을 알았다라는 문

장이 탄생했다
　뭉클하면서도 서러운 그것은 안은문장이 되었다
　그 후로 나의 인생은 길어졌고 복잡해졌다
　어느 날 나는 당신의 기다림을 믿어요라는 그녀의 말에서
사랑이 문장으로 온다는 것을 알았다
　안긴문장을 이해하지 못하면 안은문장을 이해할 수 없었다

　나는 세상을 안은문장이 되고 싶었다
　내 문장에서 그녀의 숨소리가 들리고 그녀의 따듯한 피
부가 느껴지고
　봄보다도 더 많은 봄들이 술렁이고

　명사절을 안은문장이 아니라
　복숭아 꽃잎을 안은문장
　언덕을 넘어가는 바람을 안은문장
　포르르 하늘을 날아오르는 참새를 안은문장이 왔다
　수많은 안긴문장을 안고 우리는 풍부해지리라

　안김과 안음이 뒤섞인 곳에 벚꽃이 휘날리고 눈이 내렸다
—「우리의 문장은 외따로 존재할 수 없다」 부분

위 문장들을 곰곰 읽다 보면 세상은 보는 시각에 따라 안은문장이 될 수도 안긴문장이 될 수도 있다는 사실을 깨닫게 된다. 이 시에서는 '문장'이라는 말의 자리에 '몸'이라는

혹은 '사람'이라는 아니 다른 어떤 명사 혹은 관념어를 넣어도 말이 된다. 그만큼 이 시 속에 나타난 '문장'이라는 말이 지니는 함의는 크다고 할 수 있겠다. 가령 '몸'이라는 말을 넣어 보면 '난 너의 안긴 몸이 되고 싶어'라는 문장이 된다. 그는 '사랑은 고독을 함께 나누는 사이여서 그녀에게 안긴 몸이 된 나는 그녀가 자신의 고독까지 안고 다녔다는 사실도 알게 된다'고 말한다. 그녀와 내가 동일시되는 순간, 둘이면서 하나인 순간, 그런 상태가 사랑이라고. 아니 둘이면서 하나인 그것이 사랑 아니 사람이라고, 꽃이라고, 나무라고, 세상이라고.

일즉일체다중일(一卽一切多中一)이라는 불교 법성계의 한 구절이 생각난다.

> 법(法: 만물)은 자성이 없기 때문에 일체를 갖추어 하나를 이루고, 일체법 또한 자성이 없기 때문에 하나의 법으로써 일체를 이룬다. 그러므로 하나 가운데 일체가 있어 만물이 하나에 걸리지 않고, 일체 가운데 하나이기 때문에 하나가 많은 것에 걸리지 않는다는 것이다.

그런 의미로 보면 아래 구절들은 그 진폭이 한없이 크고 아름답다.

> 나는 세상을 안은문장이 되고 싶었다
> 내 문장에서 그녀의 숨소리가 들리고 그녀의 따뜻한 피

부가 느껴지고

봄보다도 더 많은 봄들이 술렁이고

명사절을 안은문장이 아니라

복숭아 꽃잎을 안은문장

언덕을 넘어가는 바람을 안은문장

포르르 하늘을 날아오르는 참새를 안은문장이 왔다

수많은 안긴문장을 안고 우리는 풍부해지리라

안김과 안음이 뒤섞인 곳에 벚꽃이 휘날리고 눈이 내렸다

"세상을 안은문장"이라니! 그 문장에서 "숨소리가 들리고" "따듯한 피부가 느껴지고" "봄보다도 더 많은 봄들이 술렁이고" "복숭아 꽃잎을 안은문장" "언덕을 넘어가는 바람을 안은문장"을 쓰는 일은 모든 시인들의 꿈이 아니겠는가? "안김과 안음이 뒤섞인 곳에 벚꽃이 휘날리고 눈이 내렸다"는 구절에서 안김과 안음이 뒤섞인 곳은 곧 세상이다. 그 속을 살아가는 존재들의 모습이다. 포용이며 화융이며 일체의 상(狀)이다. 그것이 "우리의 문장은 외따로 존재할 수 없다"고 정진혁이 말한 이유다.

깊은 밤이 막대그래프의 높이를 키우고 있다

너와 나의 시간들이 그 위에 점 하나로 남는다

우린 이렇게 점 같은 시간으로 가고 선으로 가고 원으로 가고
입체를 갈망하고 있지만 제대로 한번 서 보지도 못했다

다면체를 향한 우리들의 기울기는 가파르다
막대그래프 위로 호박잎이 푸르게 자라고 무당벌레는 어딘가를 기어간다
막대와 막대 사이에서 빨래가 흔들리고 개 한 마리 묶여 있는데
그저 평면일 뿐
우리는 왜 기울기만 있는가

오늘 너의 눈빛은 가로 9㎝ 세로 25㎝의 한 지점에서 나를 본다
성실한 자로 내 심장과 너의 심장의 거리를 재 보며
그 위에서 우리는 영혼처럼 떠다닌다

점과 선으로 오는 통증
때로 우린 컴퍼스로 서로의 가슴을 찌르고 거기를 원점으로 자신의 원을 그렸다
통증은 동그래졌다

—「모눈종이 위의 기울기」 부분

그의 시에는 막대그래프와 모눈종이, 평면, 원, 기울기,

각 같은 수학적 용어들이 수시로 등장한다. 가령 밤이라는 현상을 막대그래프 속에 넣고 보면 너와 나의 시간들이 그 그래프 속의 한 점들이 된다. 그는 시시각각 그려 가는 살아 있는 그 그래프들이 삶이라고 말한다. 그리고 그 속에 나타난 세상은 다면체를 향한 기울기라고. 이때 그가 말하는 다면체란 "호박잎이 푸르게 자라고 무당벌레는 어딘가를 기어"가고 "막대와 막대 사이에서 빨래가 흔들리고 개 한 마리 묶여 있는" 평범하기 그지없는 존재들의 시간이다. 그 시간들의 이동을 그는 다면체를 향한 꿈이라고 한다. 사실 그저 어른거리는 일상에 불과한 그 시간의 덩어리는 언제나 단조로운 평면 위 하나의 선으로 존재하다 사라지는 것. 그는 존재의 표상인 그 점과 선을 일컬어 '통증'이라고 말한다. 즉 존재들의 시간 그 자체가 통증이라는 것이다. 그러고 보면 그가 말하는 '사랑'은 그 통증에 뿌리를 둔 아픈 이름일 뿐이다.

각의 세계에서 꽃으로 살아가기

위 시의 기하학적 이미지와는 달리 다음 시의 시간적 배경은 매우 서정적이며 부드러운 이미지의 봄과 꽃 같은 것들이다. 그의 시에는 유난히 많은 봄꽃들이 등장한다. 앵두, 벚꽃, 찔레, 도화, 목련, 백일홍……. 나른한 어느 봄날 한 며칠 화르르 피어났다 지는 것들이 대부분인 그것들의 이미지는 하나같이 생의 본질과 닮아 있다.

봄날의 시야는 대체로 흐릿하여 먼 곳이 보이지 않는다

는 특징이 있다. 봄날은 변덕스럽다. 때 없이 바람이 불고 비가 오고 꽃들은 순식간에 어디론가 불려 간다. 그래서 봄날은 슬프다. 그러나 신비롭게도 그 흐릿한 것들 속에서 연둣빛 싹이 트고 죽은 것 같던 가지에 잎이 나고 온갖 목숨들은 제 속에 불을 지핀다. 생은 그렇게 오리무중이어서 아름답다. 추위 속에 죽은 척 서 있던 그것들은 사실 불을 만들고 있었던 것. 불이 되어 타오르려고, 미친 듯 달아나려고, 서슬 푸르게 으르릉거리려고, 툭 떨어지려고, 가뭇없이 지워지려고.

분홍 벚꽃으로 빨간 앵두로 희디흰 찔레로 목련으로 잠깐 화(化)하려고, 화(花)하려고, 화(話)하려고.

찔레 향기가 닮아서 흐리다
어제는 찔레꽃과 뻐꾸기 울음이 이루는 각을 보았다
그리움은 하얀 표정을 봄볕에 부비며 찔레 순처럼 왔다

가장 먼 이름 앞으로 몇 개의 형용사가 지나갔다
어떤 질문으로도 각도를 잴 수 없어서
자주 하양을 만지작거렸다

찔레는 여전히 찔레가 되고 있었고
스무 살을 오래 걸었지만 가시처럼 찔러 댔다
떠나는 봄밤이 각의 크기만큼 흔들렸다

뻐억꾹 울음이 달라붙는 저 각이 자꾸 슬퍼 보였다

송홧가루처럼 목이 말랐다

각에서 들려오는 목마름은 길었다

온몸에 각을 꽂고 찔레 길을 걸었다

찔레꽃이 피어 있는 내내 가슴이 따끔거렸다

봄에 우는 사람이 많았다

—「각을 보았다」 전문

꽃은 온몸으로 내뱉는 현상의 말이다. 그것은 시이다. 시는 현상을 통하여 말과 연계되어 있다. 시는 온갖 현상이 시인의 사유를 뿌리로 하여 피어난 한 송이 꽃이다. 사실 꽃이라는 현상은 비영속적이며 영속적인 시간의 어른거림이다. 그것들은 따로 그러나 함께 존재한다.

이 시에 나타난 "먼", "하양" 등 다소 낭만적이며 부드러운 이미지의 시어들 속에도 그의 모순어법은 등장한다. 언뜻 딱딱한 느낌을 줄 수 있는 기하학적 이미지인 '각'이란 말이 이런 부드러운 이미지와 만나 낯선 충격을 주고 있는 점은 그만이 가진 독특한 아이덴티티라 하겠다.

그렇다. 존재하는 모든 것들은 '각'을 지니고 있다. 수평도 원도 곡선도. 그러나 원을 보고 '각'을 떠올리는 사람은 많지 않다. 대개의 사람들은 '각' 하면 모나고 뾰족한 것을 먼저 떠올린다. 그러나 원도 곡선도 '각'임에는 틀림없다.

모든 존재를 가시적이게 하는 것은 '각'을 지니고 있기 때문이다. 그의 말대로 우리는 온몸에 '각'을 꽂고 가시투성이 찔레 길을 걷고 있는 존재들이다. '각'을 모티브로 쓴 시 한 편을 더 보자.

> 나는 어느 생의 방파제에서 떨어졌다
> 실업이 자꾸 나를 밀었다
> 어깨를 가만히 세우면 어긋난 각들이 살 속을 파고들었다
> 떨어진 어깨에 모난 말들이 터를 잡았다
>
> 깨진 것들은 왜 타인의 얼굴을 하는가
>
> 수박은 박살이 나고 병은 깨지고 그해 여름도 산산이 부서졌다
> 어깨는 어느 생의 모퉁이였다가 나였다가 떨어진 각을 아는 척했다
>
> 팔을 들었다 내릴 때마다 각들이 서로 찌르는 소리가 났다
> 그동안 너무 오래 서성거렸다
>
> 걸음걸이가 세모다 표정이 세모다
> 가슴 언저리에도 세모가 자라기 시작했다
> 세모를 걸으며 나는 충분히 무모했다

실업은 질기고 캄캄했다
밤마다 도처에 머물던 각들이
일제히 어깨로 달려와 수런거렸다

나는 말수가 적어졌고 대신 각들이 우두둑 소리를 냈다

떨어진 각도를 지우기 위해
아무에게도 기대지 않았다

—「오른쪽 어깨에는 각이 살고 있다」 부분

이 시 속에 나타난 사건은 간단하다. 어느 방파제에서 떨어져 어깨뼈가 부러진 것. 그러나 시인은 이 사건을 통해 자신 속에 무수한 '각'이 살고 있음을 아니 자신이 아니 만물이 '각'으로 존재한다는 사실을 새삼 발견한다. 그리고 그 '각'들이 어긋날 때 서로를 찌르는 무기로 변한다는 무서운 사실도 알게 된다. 통증 속에서 비로소 그는 부서진 '각'들이 하는 말을 들을 수 있게 된다. "그동안 너무 오래 서성거렸다"고, "충분히 무모했다"고.

그는 이 '각'들을 다시 세우기 위해 아무에게도 기대지 않으리라고 다짐한다. 그리고 자신에게 묻는다. "깨진 것들은 왜 타인의 얼굴을 하는가".

다음의 시에는 앞의 시들처럼 모순어법이 등장하지 않는다. 그러나 다만 국숫집에서 국수를 먹는 한 시간 동안의 일을 더도 덜도 아니게 그대로 옮겨 놓은 이 시에는 모순이 없을까? 그렇지 않다. 읽기에 따라 모든 현상은 서로 모순되면서 합일적인 면을 동시에 가지고 있기 때문이다.

며칠 전 비도 내리고 해서 따끈한 잔치국수가 생각났어요 국숫집 창가에 앉아 김이 모락모락 나는 국수를 먹었거든요 간장 양념 속 파를 건져 먹으며 파 향이 참 좋구나 생각을 했어요 식당에 도착한 건 1시 20분쯤 10분 만에 주문한 국수가 나왔고 김이 오르는 그릇 안에 멸치 국물같이 깊이 우려 나온 느린 말투의 아버지가 늘 불어 터진 세상을 살았다는 생각이 기다랗게 풀어져 있었어요 그런데 국수를 다 먹고 계산을 할 때는 2시 35분인 거예요 말이 돼요? 고작 10분이면 국수 한 그릇 비우는 데 충분하거든요 국수 한 그릇을 비우는 데 1시간 5분이 걸렸단 말이에요 정말 다른 일은 하나도 일어나지 않았어요 단지 조카에게서 전화가 왔어요 삼촌 죽은 줄 알았던 아빠가 글쎄 옆 동네에 살아 있더라고요 삼촌도 어릴 때 죽은 누나가 어딘가 살아 있을 거예요 한번 찾아봐요 그런 엉뚱한 전화 한 통 말이에요 비는 계속 내렸고 비 내리는 거리를 바라보았고 손님들이 많아 시끌거렸고 유리창에 맺혔다 미끄러지는 빗방울을 세었던 거 같고 집에 어울리는 입을 갖고 있지 못한 아버지가 우산도 없이 지나는 걸 본 것도 같았고 그렇게 후후 불며 국수를 먹었는데 그런데 1시간 5분이 지나 버린 거예요 계산할 때에 여전히 입에 파 향이 남아 있었고 시원한 국물 맛을 되새김하고 있었거든요 제 시계는 정확해요 국숫집 시계와 일치했구요 사라진 시간 동안 나는 어디에 있었나요 따뜻한 국물과 국숫발과 파 향을 입에 물고 사라진 나를 어디서 찾을 수 있나요

붉은 노을이 뒤덮인 지붕 위로 붉은 바람이 지나고 있었어요 붉음을 뒤집어쓴 어머니는 수돗가에서 붉은 시금치를 다듬고 붉은 런닝 바람의 아버지가 자전거를 닦으며 페달을 손으로 돌리고 있었어요 붉은 장독대에 붉은 강아지풀이 흔들리고 누나는 무어라고 무어라고 붉은 말을 하며 깔깔깔깔 붉은 웃음을 웃고 있었어요

—「나는 어디에」 전문

위 시 속에 나타난 사건을 보자. ① 국수를 먹는 데 걸리는 시간이 십 분이면 족한데 별다른 이유도 없이 한 시간 오 분이나 걸린다. ② 나는 국수를 먹는데 뜬금없이 이상한 전화가 온다. ③ 나는 국수를 먹고 있는데 공연히 밖에는 비가 온다. ④ 나는 국수 가락을 후후 불고 있는데 집에 어울리는 입을 갖지 못한 아버지가 지나간다.

시시하고 시시한 이런 일들도 자신을 중심에 놓고 보면 모순일 수밖에 없다. 이렇게 생은 개인마다 그 기준이 다른 이상한 모순의 연속인지도 모른다. 그리하여 사람은 자신이 만든 모순 뒤에 숨은 자신을 결코 찾아내지 못한 채 생을 마감하는지도 모른다. 삶은 그런 자신을 찾아 하염없이 헤매는 어리석은 여행의 연속이라 해도 좋을 것 같다.

그의 시를 읽다 보면 '시선'이라든가 '시각' 같은 말들이 자꾸 떠오른다. 그것들은 매우 수학적이며 기하학적인 이

미지를 지닌 것들인데 이상하게도 그것이 딱딱하게 읽히지 않고 부드러운 이미지와 잘 어울리는 것도 그만이 가진 독특한 장점이라 하겠다.

노란 잎이 내려오는 길을 보았다
가을 안에 노란 줄이 구부정 그어졌다
그날 용문사 천 년 묵은 은행나무를 반쯤 알았다

그때 내 몸에도 길게 이어지는 줄을 보았다
촉수처럼 자라나 늘어져 있었다
끊어지지도 않고 소리도 없이 딸려 다녔다

한동안 환하게 나를 지나는 길은
노랑매미꽃 사이였고 큰달맞이꽃 언저리였다
해바라기의 세계로 나를 끌어당기기도 했다
노란 줄이 생기고 나서 창문들이 잘 보였다
누구도 내 몸의 노란 줄을 알지 못했다
누구도 건드리지 않았다

하지만 그녀는 늘 노란 줄을 건드리며 온다
갈 때도 늘 노란 줄을 건드리고 갔다

노란 줄이 흔들릴 때면
노란 잎이 내려온 길을 걸어가 보았다

그녀의 뒷모습이 아팠다

용문사 천 년 묵은 은행나무를 반쯤 더 알았다

—「노란 줄」 전문

용문산 은행잎이 떨어지는 것을 보고 쓴 이 시 속에는 우주의 순환 법칙이 완벽히 들어 있다. 은행잎이 떨어지며 내는 노란 길을 통해 그는 은행나무의 역사를 반쯤 알았다고 한다. 은행나무와 다를 것이 없는 존재인 자신의 길을 보았기 때문이리라. 그것을 통해 그는 노랑매미꽃이며 큰달맞이꽃 같은 다만 이름일 뿐인 온갖 존재들의 길을 본다. 그러고 나니 집집의 숨구멍인 창이 더 잘 보였다고 그는 말한다. 이 시의 후반부인 "노란 줄이 흔들릴 때"라는 표현은 '삶의 근원이 흔들릴 때'라는 뜻으로 읽힌다. 그럴 때 그는 자신에게 생의 길을 보여 준 "노란 잎이 내려온 길을 걸어가 보았다"고 말한다. 그러면 용문산 은행나무의 남은 반쪽이 더 잘 보였다고. 낙화의 길이 보여 준 '한 소식'이라 할 수 있겠다.

그는 날카롭고 모난 것들을 부드럽게 휘어 따뜻하고 낭만적인 이미지로 보이게 하는 힘을 가지고 있다. 사실 날카롭고 모난 것들이 부드럽고 낭만적인 것들이 되기는 어렵다. 어쩌면 그것들은 그들이 가진 강렬하고 위험한 이미지를 타고 날아올라 문득 꽃이 되기도 하고 이파리가 되기도 하며 그 말들이 가진 공격성과 상처의 이미지를 순화시키는 것인지도 모른다. 그런 점이 그가 시도하는 모순어법의

최종 목표가 아닐까 나름 생각해 보기도 한다.

이번 시집에 이르러 정진혁은 그의 시적 주제를 멀고 아득한 것들, 슬프거나 분홍스런 것에서 모나고 기하학적이고 날카로운 이미지들로 조금씩 변화시키고 있는 것 같기도 하다. 그것은 그가 세계의 내면으로 좀 더 깊이 들어가기 시작했다는 뜻으로 읽어도 될 것 같다.

기하학적인 도시에 담겨 살아가야 하는 운명을 타고난 현대인의 모습 같기도 한 그 이미지들은 자신의 몸인 줄 알았던 것이 삐끗하는 순간 자신을 찌르는 무기가 되는 살벌한 곳이다. 그런 속에서도 그가 보여 주는 그 '각'들은 왜 이리 멀고 아름답고 슬픈가.